I0820657

La Tierra

Heather Kissock

AV2 SPANISH

www.av2books.com

Paso 1
Ingresa a **www.av2books.com**

Paso 2
Ingresa este código único
AVG52932

Paso 3
¡Explora tu eBook interactivo!

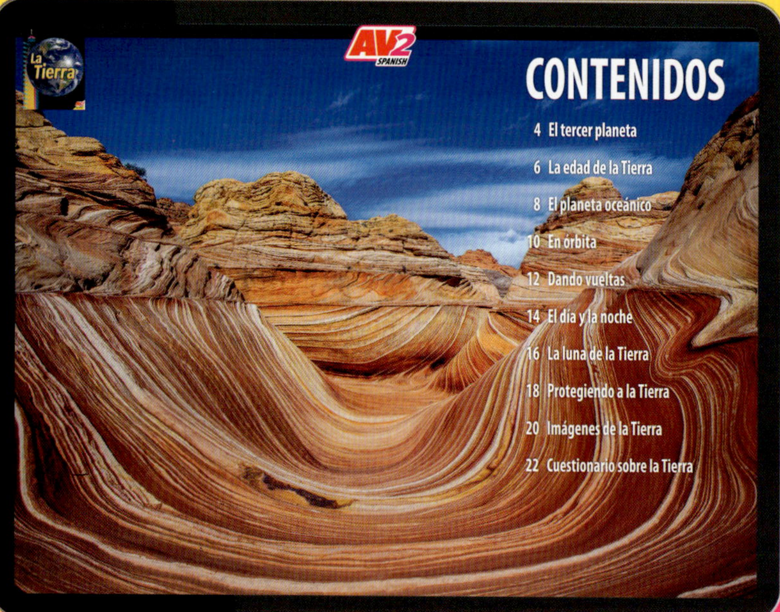

AV2 es compatible para su uso en cualquier dispositivo.

Tu eBook interactivo trae...

Contenido
Examina la página de contenidos para navegar fácilmente por los recursos

Audio
Escucha las secciones del libro leídas en voz alta

Videos
Mira videoclips informativos

Enlaces web
Obtén más información para investigar

Presentación de imágenes
Mira las imágenes y los subtítulos

¡Prueba esto!
Realiza actividades y experimentos prácticos

Palabras clave
Estudia el vocabulario y realiza una actividad para combinar las palabras

Cuestionarios
Pon a prueba tus conocimientos

Comparte
Comparte títulos dentro de tu Sistema de Gestión de Aprendizaje (LMS) o Sistema de Circulación de Bibliotecas

Citas
Crea referencias bibliográficas siguiendo el Manual de Estilo de Chicago

Este título está incluido en nuestra suscripción digital de Lightbox

Suscripción en español de K–6 por 1 año
ISBN 978-1-5105-5935-6

Accede a cientos de títulos de AV2 con nuestra suscripción digital.
Regístrate para una prueba GRATUITA en **www.openlightbox.com/trial**

La Tierra

CONTENIDOS

El tercer planeta

La Tierra es el tercer planeta desde el Sol. Es el único planeta habitado por el hombre que se conoce. La Tierra es el quinto planeta más grande del **sistema solar**. Su agua permite que haya vida terrestre y acuática. Esto la convierte en un planeta único dentro de su sistema solar.

La luz del Sol tarda unos **8 minutos** en llegar a la Tierra.

La edad de la Tierra

Se dice que la roca del fondo del Gran Cañón tiene **2000 millones de años**.

La Tierra tiene entre 4000 y 5000 millones de años. Los científicos lo han descubierto estudiando las rocas de la Tierra. Examinando los **elementos** que componen las rocas, pueden saber cuándo y en qué circunstancias se formaron. La roca más antigua que se ha encontrado en la Tierra vino de Australia. Se calcula que tiene 4400 millones de años.

El planeta oceánico

A la Tierra se la conoce como el planeta oceánico. La mayor parte de la Tierra está cubierta por agua. Los científicos todavía no saben con certeza cómo la Tierra se cubrió de agua. Muchos investigadores creen que los **cometas** y **asteroides** pudieron haber traído el agua cuando la Tierra ya estaba formada.

Un estudio geológico realizado en los Estados Unidos estima que hay más de 332 millones de millas cúbicas (1384 millones de kilómetros cúbicos) de agua en el planeta. De esta cantidad, casi el 96 por ciento se encuentra en los océanos de la Tierra.

En órbita

La Tierra viaja alrededor del Sol en una trayectoria llamada órbita. Tarda 365 días en dar una vuelta alrededor del Sol. Las estaciones del año cambian a medida que la Tierra se mueve alrededor del Sol.

La Tierra se inclina durante su viaje. Por eso, el **Polo** Norte y el Polo Sur apuntan hacia el Sol en diferentes momentos del año. Cuando un polo está más cerca del Sol, tiene temperaturas más cálidas. Cuando se aleja, las estaciones son más frías.

LA TIERRA
en números
Distancia promedio del Sol
92 956 050 millas
(149 598 262 kilómetros)
Velocidad orbital promedio
66 622 millas por hora
(107 218 km por hora)
Diámetro
7926 millas (12 756 km)
Lunas
Una
Duración de un año
365,25 días

Dando vueltas

La Tierra está siempre girando. Da una vuelta completa por día. En el **ecuador**, la Tierra gira a una velocidad de 1037 millas (1670 km) por hora. No podemos sentir que nos movemos porque giramos con ella.

Hasta el siglo XV, se creía que la Tierra estaba quieta y que el resto del universo se movía alrededor de ella.

Cuánto dura un día en los planetas del sistema solar
Venus
5832 horas
Marte
25 horas
Saturno
11 horas
Mercurio
1408 horas
Tierra
24 horas
Júpiter
10 horas
Urano
17 horas
Neptuno
16 horas

El día y la noche

14 Descubriendo el espacio

El lado de la Tierra que mira al Sol está iluminado. Este es el día. El lado de la Tierra que no mira al Sol está oscuro. Esta es la noche. La duración del día y la noche varía según el lugar de la Tierra. Estos cambios son el resultado de la rotación de la Tierra sobre su eje inclinado. Los solsticios son los días en que la Tierra tiene sus períodos de luz solar más cortos y largos.

Solsticio de verano

El período más largo de luz solar en el hemisferio norte se da el 20 o 21 de junio.

Solsticio de invierno

El período más corto de luz solar en el hemisferio norte se da el 21 o 22 de diciembre.

La luna de la Tierra

La Luna ilumina a la Tierra por la noche. A medida que la Tierra gira alrededor del Sol, la Luna gira alrededor de la Tierra. La Luna tarda unos 27 días en dar una vuelta completa a la Tierra. Una fuerza llamada **gravedad** mantiene a la Luna en su órbita alrededor de la Tierra. En un eclipse lunar, la Luna se interpone entre la Tierra y el Sol y tapa la luz solar.

La Luna está a unas **238 855 millas** (384 400 km) de la Tierra.

Protegiendo a la Tierra

La Tierra está cubierta por gases que la protegen de los rayos del Sol. La atmósfera terrestre está compuesta casi en su totalidad por **nitrógeno** y **oxígeno**. La capa de ozono de la atmósfera bloquea la radiación del Sol. Hay muchos planetas que tienen atmósfera pero, hasta donde se conoce, la atmósfera de la Tierra es la única respirable.

Capas de la atmósfera terrestre

Exosfera
372 a 6200 millas (600 a 10 000 km) de altura

Termosfera
53 a 372 millas (85 a 600 km) de altura

Mesosfera
31 a 53 millas (50 a 85 km) de altura

Estratosfera
9 a 31 millas (14,5 a 50 km) de altura

Troposfera
5 a 9 millas (8 a 14,5 km) de altura

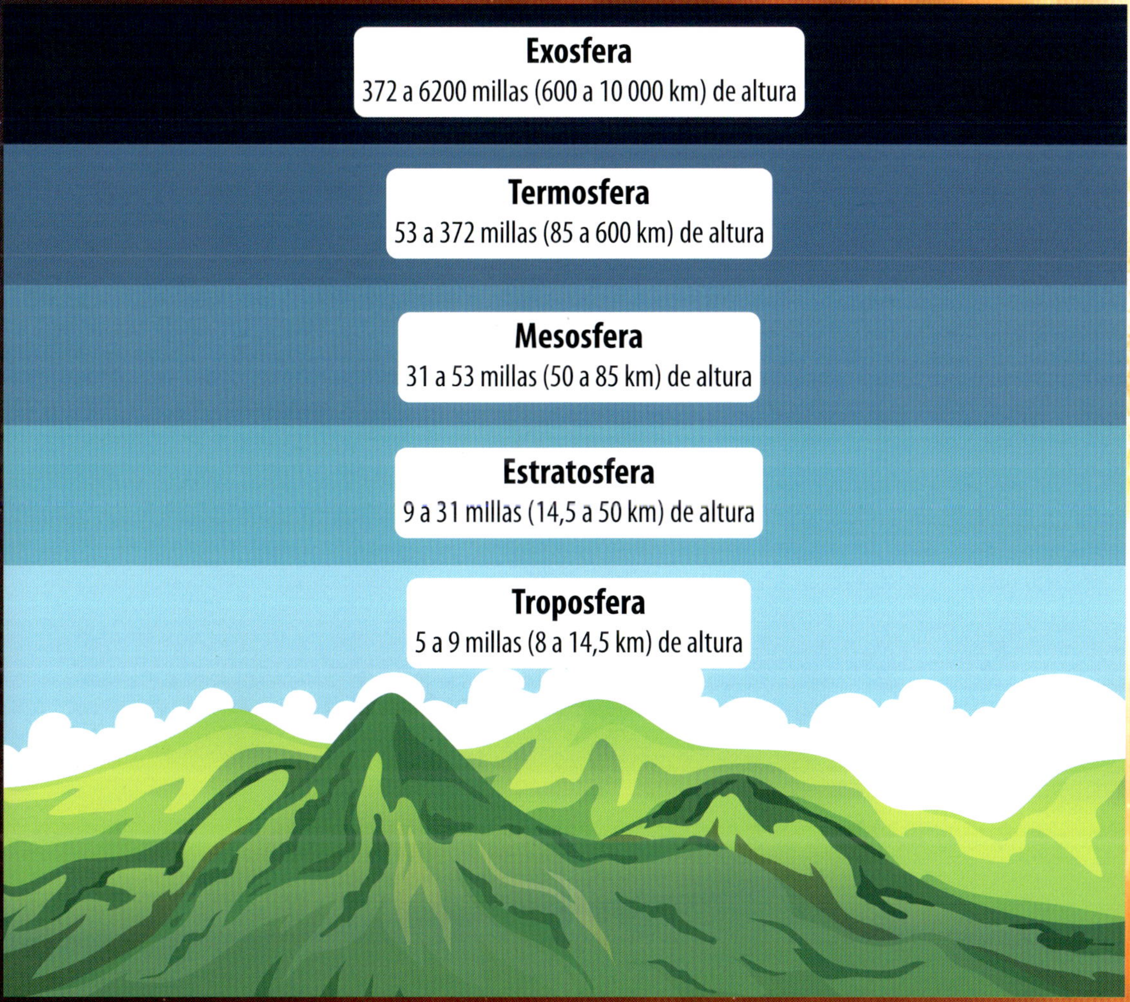

Imágenes de la Tierra

Por mucho tiempo, no se sabía cómo era la Tierra. La Tierra se fotografió desde el espacio por primera vez en 1946.

Una de las imágenes más conocidas de la Tierra fue tomada por la tripulación de la misión del Apolo 17 de EE.UU., el 7 de diciembre de 1972. Mostró que la Tierra se ve como una canica azul con remolinos blancos flotando en el espacio.

Cuestionario sobre la Tierra

1
¿Cuántos años tiene la Tierra?

2
¿Qué porcentaje del agua de la Tierra se encuentra en sus océanos?

3
¿Cuánto tarda la luz del Sol en llegar a la Tierra?

4
¿Qué son los solsticios?

5
¿Cuánto tarda la Tierra en dar una vuelta alrededor del Sol?

6
¿Cuánto dura un día en Júpiter?

7
¿Qué mantiene a la Luna en su órbita alrededor de la Tierra?

8
¿Cuándo tomó la famosa foto de la Tierra la tripulación de la misión del Apolo 17?

RESPUESTAS

1. Entre 4000 y 5000 millones de años **2.** 96 por ciento **3.** Unos 8 minutos
4. Son los días en que se dan los periodos de luz solar más cortos y más largos en la Tierra **5.** Aproximadamente 365 días **6.** 10 horas **7.** Una fuerza llamada gravedad
8. El 7 de diciembre de 1972

Palabras clave

asteroides: objetos pequeños y rocosos que viajan alrededor del Sol

cometas: bolas de gases congelados, roca y polvo que se mueven alrededor del Sol

ecuador: línea imaginaria alrededor del planeta que lo divide en dos hemisferios

elementos: materiales fundamentales que componen a toda materia

gravedad: fuerza por la cual un planeta atrae a los objetos hacia su centro

nitrógeno: gas inodoro, insípido e incoloro que está presente en todos los seres vivos

oxígeno: gas incoloro, inodoro e insípido que los organismos de la Tierra usan para respirar

Polo: punto imaginario en el cielo por donde el eje de la Tierra atraviesa el planeta

sistema solar: una estrella y todos los planetas y objetos que orbitan a su alrededor

Índice

Obtén lo mejor de los dos mundos

AV2 acorta la brecha entre lo impreso y lo digital.

La barra de herramientas de recursos expansible permite acceder rápidamente a los contenidos, que incluyen **videos**, **audios**, **actividades, enlaces web**, **presentaciones de imágenes**, **cuestionarios** y **palabras clave**.

Los **videos animados** hacen que las imágenes estáticas cobren vida.

Los íconos de los recursos de cada página ayudan a los lectores a **explorar los conceptos más importantes**.

Published by AV2
276 5th Avenue, Suite 704 #917
New York, NY 10001
Website: www.av2books.com

Library of Congress Control Number: 2021936427

ISBN 978-1-7911-4054-0 (hardcover)
ISBN 978-1-7911-4055-7 (multi-user eBook)

Printed in Guangzhou, China
1 2 3 4 5 6 7 8 9 0 25 24 23 22 21

042021
101720

Designer: Ana María Vidal
Project Coordinator: Sara Cucini
Spanish Editor: Translation Services USA LLC

Photo Credits
Every reasonable effort has been made to trace ownership and to obtain permission to reprint copyright material. The publisher would be pleased to have any errors or omissions brought to its attention so that they may be corrected in subsequent printings. AV2 acknowledges Getty Images as its primary image supplier for this title.

 Encuentra nuevos títulos y videos de productos en www.av2books.com